日語能力檢定系列

3級檢單

4級から1級までの日本語能力試験対策シリーズ

本局編輯部 編著

最新・最正確的日檢字庫
根據《日本語能力試驗 出題基準》
並配合2002年改訂之新基準編纂而成

三民書局

國家圖書館出版品預行編目資料

3級檢單 / 本局編輯部編著.——初版四刷.——
臺北市：三民，2009
面；　公分.——(日語能力檢定系列)
ISBN 978-957-14-4250-1　(平裝)

1. 日本語言—詞彙

803.11　　94003003

© 日語能力檢定系列 3級檢單

編著者　本局編輯部
發行人　劉振強
著作財產權人　三民書局股份有限公司
臺北市復興北路386號
發行所　三民書局股份有限公司
地址 / 臺北市復興北路386號
電話 / (02)25006600
郵撥 / 0009998-5
印刷所　三民書局股份有限公司
門市部　復北店 / 臺北市復興北路386號
重南店 / 臺北市重慶南路一段61號
初版一刷　2005年4月
初版四刷　2009年6月
編　號　S 805060
行政院新聞局登記證局版臺業字第〇二〇〇號

ISBN　978-957-14-4250-1　(平裝)

http://www.sanmin.com.tw　三民網路書店

序言

「日本語能力試験」之宗旨是為日本國內外母語非日語的學習者提供客觀的能力評量。在日本是由「財団法人日本国際教育支援協会」主辦，海外則由「独立行政法人国際交流基金」協同當地機關共同實施。自1984年首次舉辦以來日獲重視，於2003年全球已有三十九個國家，共一百零八個城市，逾二十六萬人參加考試。1991年起首度在臺灣舉行，由「財团法人交流協会」主辦，「財團法人語言訓練測驗中心」協辦，考場分別設置於臺北及高雄兩地。

「日本語能力試験」共分為4級，1級程度最高，4級則最簡單。考生可依自己的實力選擇適合的級數報考。報考日期定於每年8月至9月上旬，於每年12月的第一個星期日舉辦考試。翌年3月上旬寄發成績單，合格者同時授與「日本語能力認定書」。

在臺灣，「日本語能力試驗」所認定的日語能力相當受到重視，不僅各級學校鼓勵學生報考，許多公司行號在任用員工時亦要求其具備「日本語能力1級」資格。赴日留學時，「日本語能力認定書」更是申請學校的必備利器。這樣的屬性使得「日本語能力試驗」猶如英語的托福考試一般受到重視。

為此，本局特以日本國際教育支援協會與國際交流基金共同合編之《日本語能力試驗　出題基準》為藍本，規劃一系列的日語檢定考試用參考書。本書是繼《文法一把抓》後，針對「文字・語彙」部分精心編纂的檢定考試必備良書。期許藉由本書紮實的內容及貼心的設計，可讓更多的學習者簡單學習、輕鬆通過日語檢定考試。

2005年2月
三民書局

3級検單

目　次

本書使用說明

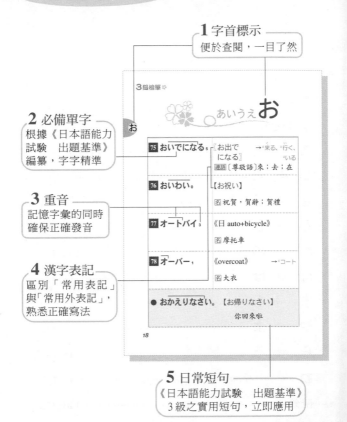

1 字首標示
便於查閱，一目了然

2 必備單字
根據《日本語能力試驗　出題基準》編纂，字字精準

3 重音
記憶字彙的同時確保正確發音

4 漢字表記
區別「常用表記」與「常用外表記」，熟悉正確寫法

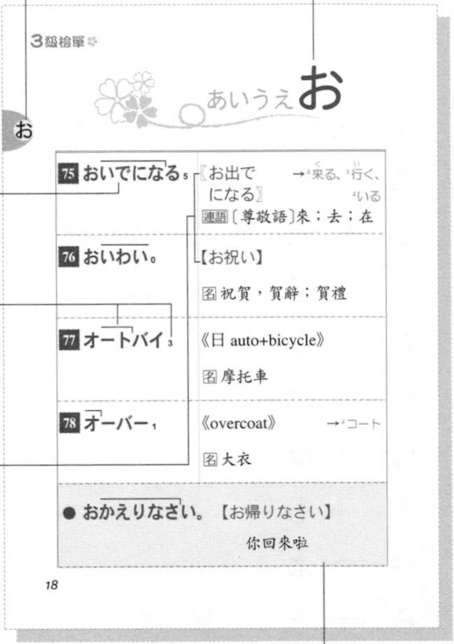

3級檢單

あいうえお

お

75 おいでになる 5	〖お出でになる〗 →来る、行く、いる 連語〔尊敬語〕來；去；在
76 おいわい 0	【お祝い】 名 祝賀，賀辭；賀禮
77 オートバイ 3	《日 auto+bicycle》 名 摩托車
78 オーバー 1	《overcoat》 →コート 名 大衣

● おかえりなさい。【お帰りなさい】
你回來啦

18

5 日常短句
《日本語能力試驗　出題基準》3級之實用短句，立即應用

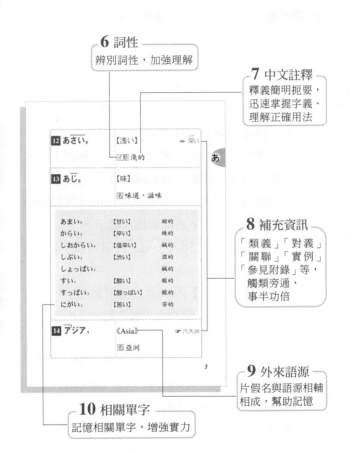

6 詞性

辨別詞性，加強理解

7 中文註釋

釋義簡明扼要，
迅速掌握字義、
理解正確用法

12 あさい0	【浅い】 ⇔ 深い	イ形 淺的
13 あじ0	【味】	名 味道，滋味

あまい0	【甘い】	甜的
からい2	【辛い】	辣的
しおからい4	【塩辛い】	鹹的
しぶい2	【渋い】	澀的
しょっぱい3		鹹的
すい1	【酸い】	酸的
すっぱい3	【酸っぱい】	酸的
にがい2	【苦い】	苦的

14 アジア1	《Asia》 ☞六大州	名 亞洲

3

8 補充資訊

「類義」「對義」
「關聯」「實例」
「參見附錄」等，
觸類旁通、
事半功倍

9 外來語源

片假名與語源相輔
相成，幫助記憶

10 相關單字

記憶相關單字，增強實力

1 字首標示 以側標明示開頭文字，並依開頭文字不同另起新頁。

2 必備單字 完整收錄《日本語能力試験 出題基準》3級範圍內單字，並依照五十音順序編排。字字精準，易於背誦。

3 重音 採畫線及數字雙標示。

3-1 單字右下方標有兩個數字（或兩個以上）者表示該字有兩種（或兩種以上）唸法。

3-2 接頭語、接尾語、助數詞中，因連接語詞而使音調產生變化者則未加以標示。

4 漢字表記 以昭和56年公佈之「常用漢字表」為基準。

4-1 實心括弧【 】內表示「常用表記」，包括「常用漢字表」範圍內（包含附表）的漢字及音訓。

4-2 空心括弧〖 〗內表示「常用外表記」，包括「常用漢字表」之外的漢字及「雖為表內漢字但表中未標示該音訓者」。

5 日常短句 完整收錄《日本語能力試験 出題基準》3級範圍內之日常生活短句。

6 詞性　方框□內表示詞性。

符號	日文名稱	代表意義
名	名詞	名詞
助数	助数詞	量詞
代	代名詞	代名詞
イ形	イ形容詞	イ形容詞（形容詞）
ナ形	ナ形容詞	ナ形容詞（形容動詞）
自Ⅰ	自動詞Ⅰ	第一類自動詞（五段活用自動詞）
自Ⅱ	自動詞Ⅱ	第二類自動詞（上、下一段活用自動詞）
自Ⅲ	自動詞Ⅲ	第三類自動詞（カ變、サ變活用自動詞）
他Ⅰ	他動詞Ⅰ	第一類他動詞（五段活用他動詞）
他Ⅱ	他動詞Ⅱ	第二類他動詞（上、下一段活用他動詞）
他Ⅲ	他動詞Ⅲ	第三類他動詞（サ變活用他動詞）
副	副詞	副詞
接続	接続詞	接續詞（連接詞）
感	感動詞	感嘆詞
連体	連体詞	連體詞
助	助詞	助詞
接頭	接頭語	接頭語
接尾	接尾語	接尾語
連語	連語	連語（詞組）

7 **中文註釋**　扼要說明字義及接續上之注意事項，有助迅速掌握字義、理解正確用法。

8 **補充資訊**　以下列六種符號表示該字彙之關聯字彙，非本級字則於該字左上方標示所在級數。

→ …「同義字」或「類義字」

⇔ …「成對字」或「反義字」

∞ …「相關字」

★ …「《日本語能力試驗 出題基準》揭示實例」

☆ … 編輯部精心補充之「應用實例」

☞ …「參見附錄」

例如：**あんな**　∞ 4こんな、そんな

表示「**あんな**」與4級單字中之「こんな」、及本級單字之「そんな」相關。

9 **外來語源**　雙角括弧《 》內表示外來語源及國家，前方未標示國名者則表示源自英語。

例如：**ガラス**　《荷 glas》

表示「**ガラス**」源自於荷蘭語之glas一字。

10 **相關單字**　系統性整理相關字彙，有助同時記憶，增強實力。

其他符號說明

（　）…表示可省略括弧內的字詞或作補充說明。

／　…表示「或」之意。

1 あ 1	☆「あ、思(おも)い出(だ)した」 感 啊，哎呀
2 ああ 0	∞こう、そう 副 那樣，那麼
3 あいさつ 1	〔挨拶〕 名 自Ⅲ 問候，寒喧；致詞
4 あいだ 0	【間】 名 之間；期間
5 あう 1	【合う】 自Ⅰ 適合；一致

6 あかちゃん 1	【赤ちゃん】 → 赤ん坊 名 小寶寶
7 あがる 0	【上がる】 ⇔ 下りる、下がる 自I 登，爬；上升
8 あかんぼう 0	【赤ん坊】 → 赤ちゃん 名 嬰兒
9 あく 0	【空く】 ☆「席が空いている」 自I 空，騰出
10 アクセサリー 1,3	《accessory》 名（服飾）配件，配飾
11 あげる 0	★「お祝いをあげる」 ∞くれる、もらう 他II 給，送

12 あさい0	【浅い】 ⇔ 深い（ふかい） イ形 淺的	
13 あじ0	【味】 名 味道，滋味	

あまい0	【甘い】	甜的
からい2	【辛い】	辣的
しおからい4	【塩辛い】	鹹的
しぶい2	【渋い】	澀的
しょっぱい3		鹹的
すい1	【酸い】	酸的
すっぱい3	【酸っぱい】	酸的
にがい2	【苦い】	苦的

14 アジア1	《Asia》 ☞六大州 名 亞洲

15 あす₂	【明日】 → ⁴あした 名 明天
16 あそび₀	【遊び】 名 遊戲；遊玩
17 あつまる₃	【集まる】 ∞ 集（あつ）める 自I 集合，聚集
18 あつめる₃	【集める】 ∞ 集（あつ）まる 他II 招集，集中；收集
19 アナウンサー₃	《announcer》 ☞ 職業 名 廣播員，播報員
20 アフリカ₀	《Africa》 ☞ 六大州 名 非洲

21 アメリカ 0	《America》 ☞六大州 名 美洲；美國
22 あやまる 3	【謝る】 自他I 道歉，認錯
23 アルコール 0	《荷 alcohol》 名 酒精；酒
24 アルバイト 3	《德 Arbeit》 名 自Ⅲ 打工，兼差
25 あんしん 0	【安心】 ⇔心配（しんぱい） 名 自Ⅲ ナ形 安心，放心
26 あんぜん 0	【安全】 ⇔危険（きけん） 名 ナ形 安全

あ

あ

27 あんな0	∞ 4こんな、そんな 連体 那樣的
28 あんない3	【案内】 名 他Ⅲ 引導；導覽，導遊

あいうえお

い

29 いか 1	【以下】 ⇔ 以上（いじょう）
	名 以下
30 いがい 1	【以外】
	名 以外，除～之外
31 いがく 1	【医学】
	名 醫學
32 いきる 2	【生きる】 ⇔ 4 死（し）ぬ
	自II 活，活著
33 いくら～ても 1	☆「いくら考（かんが）えてもわからない」
	連語 怎麼～也

34 いけん1	【意見】 名 意見
35 いし2	【石】 名 石頭
36 いじめる0	☆「動物(どうぶつ)をいじめてはいけません」 他II 欺侮，虐待
37 いじょう1	【以上】 ⇔ 以下(いか)、以内(いない) 名 以上
38 いそぐ2	【急ぐ】 ☆「駅(えき)まで急(いそ)いで行(い)く」 自他I 急，趕快
39 いたす2,0	【致す】 → 4する 他I 〔謙讓語〕做

40 いただく₀	【頂く】 ∞ くださる、さしあげる 他Ⅰ〔謙讓語〕領受；吃，喝
41 いちど₃	【一度】 名 一次
42 いっしょうけんめい₅	【一生懸命】 ナ形 拼命努力的

● **いってまいります。** 【行ってまいります】

我走了，我出門了

● **いってらっしゃい。** 【行ってらっしゃい】

慢走，路上小心

43 いっぱい₀	【一杯】 ☆「会場(かいじょう)は人(ひと)でいっぱいだ」 副 ナ形 滿

い

44 いと1	【糸】 名 線，絲
45 いない1	【以内】 ⇔ 以上(いじょう) 名 以內，之內
46 いなか0	【田舎】 名 鄉下，鄉村；故鄉
47 いのる2	【祈る】 他I 祈禱；希望，祝福
48 いらっしゃる4	→ 4いる、4来(く)る、4行(い)く 自I 〔尊敬語〕在；來；去
49 ～いん	【～員】 接尾 ～員，～人員

えきいん2,0	【駅員】	站務人員
かいしゃいん3	【会社員】	公司職員
けんきゅういん3	【研究員】	研究員
こうむいん3	【公務員】	公務人員
しどういん2	【指導員】	指導員
じむいん2	【事務員】	辦事員
しんさいん3	【審査員】	審查員，評審
そうだんいん3	【相談員】	諮商員

い

あいうえお

50 うえる 0	【植える】 他II 種，植，栽
51 うかがう 0	【伺う】 ★「お宅(たく)に伺(うかが)う」 →訪(たず)ねる 他I〔謙讓語〕拜訪
52 うかがう 0	【伺う】 ★「先生(せんせい)に話(はなし)を伺(うかが)う」 →[4]聞(き)く、尋(たず)ねる 他I〔謙讓語〕問，請教
53 うけつけ 0	【受付】 名 詢問處，服務台；受理
54 うける 2	【受ける】 ☆「試験(しけん)を受(う)ける」 他II 收，接；接受

55 うごく2	【動く】 ⇔ 4止(と)まる 自Ⅰ 動，移動
56 うそ1	〖嘘〗 名 謊言
57 うち0	【内】 ★「この二(ふた)つのうち」 名 裡面；之中；(期間)以內
58 うつ1	【打つ】 他Ⅰ 打，拍，敲
59 うつくしい4	【美しい】 → 4きれい イ形 美麗的，美妙的
60 うつす2	【写す】 ☆「写真(しゃしん)を写(うつ)す」 他Ⅰ 抄，謄寫；拍照

う

61 うつる2	【移る】 自I 遷移；變遷
62 うで2	【腕】 名 手臂，胳膊
63 うまい2	⇔ 4まずい イ形 美味的；高明的
64 うら2	【裏】 ⇔ 表(おもて) 名 反面；後面；裡面
65 うりば0	【売り場】 名 售貨處，賣場
66 うれしい3	〖嬉しい〗 ⇔ 悲(かな)しい イ形 高興的，歡喜的

67 うん1	→4はい、4ええ 感 (應答)嗯，是
68 うんてん0	【運転】 名 自他III 操作，駕駛，運轉
69 うんてんしゅ3	【運転手】 ☞職業 名 司機
70 うんどう0	【運動】 →4スポーツ 名 自III 運動

サッカー1	《soccer》	足球
じゅうどう1	【柔道】	柔道
ジョギング0	《jogging》	慢跑
すいえい0	【水泳】	游泳
スキー2	《ski》	滑雪
スケート0,2	《skate》	滑冰，溜冰
すもう0	【相撲】	相撲

テニス1	《tennis》	網球
ハイキング1	《hiking》	健行，郊遊
バスケットボール6	《basketball》	籃球
バレーボール4	《volleyball》	排球
ピンポン1	《ping-pong》	桌球，乒乓球
やきゅう0	【野球】	棒球
ランニング0	《running》	跑步

あいうえお

71 **エスカレーター**4	《escalator》 ∞ 4エレベーター 名 電扶梯
72 **えだ**0	【枝】 名 枝，樹枝
73 **えらぶ**2	【選ぶ】 他I 挑選
74 **えんりょ**0	【遠慮】 ☆「遠慮(えんりょ)なくいただきます」 名 自他III 客氣，辭讓；謝絕

あいうえお

お

75 おいでになる 5	〖お出でになる〗 →[4]来(く)る、[4]行(い)く、[4]いる 連語〔尊敬語〕來；去；在
76 おいわい 0	【お祝い】 名 祝賀，賀辭；賀禮
77 オートバイ 3	《日 auto+bicycle》 名 摩托車
78 オーバー 1	《overcoat》 →[4]コート 名 大衣

● **おかえりなさい。** 【お帰りなさい】

你回來啦

79 おかげ 0	【お陰】〖お蔭〗 名 幸虧，多虧
● おかげさまで。〖お蔭様で〗	托您的福
80 おかしい 3	→ 4面白い（おもしろ） イ形 可笑的；奇怪的
81 ～おき 0	→「3日（みっか）おきに洗濯（せんたく）する」 接尾 每隔～
82 おく 1	【億】 名 億
83 おくじょう 0	【屋上】 名 樓頂，天台

お

84 おくりもの0	【贈り物】 →プレゼント 名 贈品，禮物
85 おくる0	【送る】 ⇔迎える（むか） 他I 寄，匯；送，送行
86 おくれる0	【遅れる】 自II 遲，耽誤；慢，晚
87 おこさん0	【お子さん】 名〔敬稱〕子女，小孩
88 おこす2	【起こす】 ∞ 4起きる（お） 他I 叫醒，喚醒；引起
89 おこなう0	【行う】 他I 做；舉行；實施，進行

お

90 おこる 2	【怒る】 自I 生氣
91 おしいれ 0	【押し入れ】 名（日式）壁櫥
92 おじょうさん 2	【お嬢さん】 →娘（むすめ）さん 名 令嬡；小姐，姑娘
● おだいじに。	【お大事に】 （表示對病人的關懷）請保重身體
93 おたく 0	【お宅】☆「明日（あした）お宅に伺（うかが）います」 名〔敬稱〕貴府，府上
94 おちる 2	【落ちる】 ∞ 落（お）とす 自II 掉，落下；降低，減弱，低落

お

95 おっしゃる 3	→ 4言う(い)
	他I〔尊敬語〕說；叫，稱
96 おっと 0	【夫】 ⇔ 妻(つま)
	名 丈夫
97 おつり 0	【お釣り】
	名 找回的錢，零錢
98 おと 2	【音】 ∞ 4声(こえ)
	名 音，聲音
99 おとす 2	【落とす】 ∞ 落ちる(お)
	他I 使落下；丟失
100 おどり 0	【踊り】
	名 舞蹈

101 おどる 0	【踊る】 自Ｉ 跳舞
102 おどろく 3	【驚く】 → びっくりする 自Ｉ 驚訝，驚嘆，出乎意料

● おまたせしました。【お待たせしました】
讓您久等了

103 おまつり 0	【お祭り】 名 祭祀，祭典，廟會
104 おみまい 0	【お見舞い】 名 探病，慰問
105 おみやげ 0	【お土産】 名 土產，特產；禮品

お

お

● おめでとうございます。　恭喜

106 おもいだす 4,0	【思い出す】 他I 想起
107 おもう 2	【思う】　∞ 考(かんが)える 他I 想，認為，覺得
108 おもちゃ 2	〖玩具〗 名 玩具
109 おもて 3	【表】　⇔ 裏(うら) 名 正面，表面；外面
110 おや 1,2	☆「おや、これは何(なん)だろう」 感 (驚訝)哎呀，咦

111 おりる 2	【下りる】 ⇔ 上(あ)がる、4登(のぼ)る 自Ⅱ (從高處)下來
112 おる 1	〖居る〗 →4いる 自Ⅰ〔謙讓語〕有，在
113 おる 1	【折る】 ∞ 折(お)れる 他Ⅰ 摺，疊；折(斷)，彎
114 おれい 0	【お礼】 名 謝意；謝禮
115 おれる 2	【折れる】 ∞ 折(お)る 自Ⅱ 彎摺；折(斷)
116 おわり 0	【終わり】 ⇔ 4初(はじ)め 名 結束，末尾

お

117 ～おわる	【～終わる】 ☆「書き終わる」(かきおわる) ⇔ ～始める(はじめる) ～(做)完

118 ～か0	【～家】 接尾 ～家，～專家

おんがくか0／ おんがっか0	【音楽家】	音樂家
きょういくか0	【教育家】	教育家
げいじゅつか0	【芸術家】	藝術家
しそうか0	【思想家】	思想家
せんもんか0	【専門家】	專家
ちょうこくか0	【彫刻家】	雕刻家
ひょうろんか0	【評論家】	評論家

119 カーテン1	《curtain》 名 窗簾

か

120 ～かい	【～会】 名 ～會；～組織

いいんかい2	【委員会】	委員會
うんどうかい3	【運動会】	運動會
おんがくかい3,0／おんがっかい3	【音楽会】	音樂會
けんきゅうかい3	【研究会】	研究會
こんしんかい3	【懇親会】	聯誼會
しんねんかい3	【新年会】	新年聚會

121 かいがん0	【海岸】 名 海岸，海濱
122 かいぎ1,3	【会議】 名 會議
123 かいぎしつ3	【会議室】 名 會議室

124 かいじょう0	【会場】 名 會場
125 かいわ0	【会話】 名 自Ⅲ 會話，對話
126 かえり3	【帰り】 ☆「帰(かえ)りにスーパーに寄(よ)る」 名 回來，回去；歸途
127 かえる0	【変える】 ∞ 変(か)わる 他Ⅱ 變更，改變，變動
128 かがく1	【科学】 名 科學
129 かがみ3	【鏡】 名 鏡子

か

130 ～がくぶ	【～学部】 名 ～學院

いがくぶ3	【医学部】	醫學院
がいこくごがくぶ6	【外国語学部】	外語學院
けいざいがくぶ5	【経済学部】	經濟學院
こうがくぶ4,3	【工学部】	工學院
ぶんがくぶ4,3	【文学部】	文學院
ほうがくぶ4,3	【法学部】	法學院
りがくぶ3	【理学部】	理學院

131 かける2	【掛ける】★「壁(かべ)に絵(え)を掛(か)ける」 他II 掛，懸掛
132 かける2	★「いすに腰(こし)をかける」 他II 坐(在～上)
133 かける2	★「親(おや)に心配(しんぱい)をかける」 他II 使遭受

134 かざる0	【飾る】 他I 裝飾，修飾
135 かじ1	【火事】 名 火災
● かしこまりました。	〖畏まりました〗 好的，遵命
136 ガス1	《gas》 名 瓦斯
137 ガソリン0	《gasoline》 名 汽油
138 ガソリンスタンド6	《gasoline stand》 名 加油站

か

か

139 ～かた 【～方】 ★「読み方」(よ かた)

接尾 ～的方法

おしえかた 0	【教え方】	教法
かきかた 3,4	【書き方】	寫法
かんがえかた 5	【考え方】	想法
たべかた 3,4	【食べ方】	吃法
つくりかた 5,4	【作り方】	作法
はなしかた 4,0	【話し方】	說話的樣子；說法
やりかた 0	〔遣り方〕	做法，方法，辦法

140 かたい 0 【堅い】 ☆「堅い木」(かた き)

⇔柔らかい(やわ)

イ形 硬的；堅固的，牢靠的

141 かたい 0 【固い】 ☆「固いパン」(かた)

⇔柔らかい(やわ)

イ形 硬的；堅定不移的

142 かたい 0 【硬い】 ☆「硬い石」(かた いし)

⇔柔らかい(やわ)

イ形 堅硬的；生硬的

143 かたち 0	【形】 名 形狀，樣子；形式
144 かたづける 4	【片付ける】 他II 收拾，清理
145 かちょう 0	【課長】 ☞職名 名 課長，科長
146 かつ 1	【勝つ】 ⇔負(ま)ける 自I 贏，勝利
147 かっこう 0	【格好】 名 外表，姿態
148 かない 1	【家内】 ⇔主人(しゅじん) 名〔謙稱〕妻子，內人

か

か

149 かなしい0	【悲しい】 ⇔うれしい イ形 悲傷的，悲哀的
150 かならず0	【必ず】 ☆「必ず復習してください」 副 一定，必定
151 かねもち3,4／おかねもち0	【金持ち／お金持ち】 名 有錢人
152 かのじょ1	【彼女】 ⇔彼 代 她 名 女朋友
153 かべ0	【壁】 名 牆壁
154 かまう2	【構う】 ★「かまいません」 自I （常作否定）關係，介意

155 かみ 2	【髪】 名 頭髮
156 かむ 1	〔噛む〕 ☆「よく噛んで食べる」 他I 咬；嚼
157 かよう 0	【通う】☆「自転車で大学に通う」 自I 往來，定期往返
158 ガラス 0	《荷 glas》 名 玻璃
159 かれ 1	【彼】 ⇔ 彼女 代 他 名 男朋友
160 かれら 1	【彼ら】 代 他們

か

161 かわく 2	【乾く】 ☆「空気(くうき)が乾(かわ)く」 自I 乾，乾燥
162 かわり 0	【代わり】 ☆「肉(にく)の代(か)わりに魚(さかな)を食(た)べる」 名 代替，代理
163 かわる 0	【変わる】 ∞ 変(か)える 自I 改變，變化
164 かんがえる 4,3	【考える】 ∞ 思(おも)う 他II 想，思索，考慮
165 かんけい 0	【関係】 名 自III 關係，關聯
166 かんごふ 3	【看護婦】 ☞ 職業 名（女）護士

167 かんたん 0	【簡単】 ナ形 簡單的	⇔ 複雑（ふくざつ）
168 がんばる 3	【頑張る】 自Ⅰ 努力，奮鬥	

か

かきくけこ

き

169 き0	【気】 ★「気(き)をつける」 名 心，精神，神志
170 きかい2	【機械】 名 機械，機器
171 きかい2,0	【機会】 名 機會，時機
172 きけん0	【危険】 ⇔ 安全(あんぜん) 名 ナ形 危險
173 きこえる0	【聞こえる】 ∞ 見(み)える 自II 聽見，聽得見

174 きしゃ 2,1	【汽車】 名 火車
175 ぎじゅつ 1	【技術】 名 技術
176 きせつ 1,2	【季節】 名 季節
177 きそく 1,2	【規則】 名 規則，規章
178 きっと 0	☆「明日(あした)はきっと晴(は)れる」 副 一定
179 きぬ 1	【絹】 名 絲，綢子

き

き

180 きびしい3	【厳しい】 イ形 嚴格的，嚴厲的
181 きぶん1	【気分】 →気持ち（きもち） 名 情緒；身心感受；氣氛
182 きまる0	【決まる】 ∞ 決める（き） 自I 定，決定
183 きみ0	【君】 ⇔ 僕（ぼく） 代（男性稱呼同輩、晚輩）你
184 きめる0	【決める】 ∞ 決まる（き） 他II 決定，決心
185 きもち0	【気持ち】 →気分（きぶん） 名 心情，心境；身心感受；心態

186 きもの0	【着物】 名 衣服；和服
187 きゃく0	【客】 名 客人；顧客
188 きゅう0	【急】 ☆「自動車(じどうしゃ)が急(きゅう)に止(と)まった」 ナ形 突然的；緊急的
189 きゅうこう0	【急行】 ∞ 特急(とっきゅう) 名 快車
190 きょういく0	【教育】 名 教育

ようちえん3	【幼稚園】	幼稚園
しょうがっこう3	【小学校】	小學

き

ちゅうがっこう3	【中学校】	中學，國中
こうこう0／ こうとうがっこう5	【高校／ 高等学校】	高中
だいがく0	【大学】	大學
だいがくいん4	【大学院】	研究所

191 きょうかい0

【教会】

名 教會，教堂

192 きょうそう0

【競争】

名 自他III 競爭，競賽

193 きょうみ1,3

【興味】

名 興趣，興致

194 きんじょ1

【近所】 → 4近く（ちか）

名 近處，附近，近鄰

195 ～く	【～区】 名 助数 ～區
196 ぐあい0	【具合】 ☆「体(からだ)の具合(ぐあい)が悪(わる)い」 名 狀況；方便，合適
197 くうき1	【空気】 ☆「空気(くうき)が乾(かわ)いている」 名 空氣
198 くうこう0	【空港】 → 飛行場(ひこうじょう) 名 機場
199 くさ2	【草】 名 草

200 くださる3	【下さる】 ∞ いただく、さしあげる 他I〔尊敬語〕給，賜與(我)
201 くび0	【首】 名 頸，脖子；頭
202 くも1	【雲】 名 雲
203 くらべる0	【比べる】 他II 比，比較
204 くれる0	〖呉れる〗 ∞ あげる、もらう 他II 給，送(我)
205 くれる0	【暮れる】 自II 天黑；季末，歲暮

206 ～くん	【～君】　☆「山田君（やまだくん）」 接尾（稱呼同輩、晚輩）小～

かきくけこ

け

207 け0	【毛】 ★「髪(かみ)の毛(け)」 名 毛髮
208 け0	【毛】 ★「毛(け)のセーター」 名 羊毛，毛織品
209 けいかく0	【計画】 名 他Ⅲ 計畫
210 けいけん0	【経験】 ☆「留学(りゅうがく)の経験(けいけん)がある」 名 他Ⅲ 經驗，經歷，體驗
211 けいざい1	【経済】 名 經濟

212 けいさつ 0	【警察】 ☞職業 名 警察
213 ケーキ 1	《cake》 ☞食べ物 名 蛋糕
214 けが 2	〔怪我〕 名 自Ⅲ 傷，受傷
215 けしき 1	【景色】 名 景色，風景
216 けしゴム 0	【消しゴム】 《消し＋荷 gom》 名 橡皮擦
217 げしゅく 0	【下宿】 名 自Ⅲ 供寄宿的家庭；住宿，寄宿

け

218 けっして0	【決して】 副（後接否定）絕對（不）
219 けれど1／けれども1	接続 但是，然而
220 けん1	【県】 名（行政區劃的）縣
221 ～けん	【～軒】 助数（房屋）～間，～棟
222 げんいん0	【原因】 名 原因
223 けんか0	〔喧嘩〕 名 自Ⅲ 爭吵，吵架；打架

224 けんきゅう 0	【研究】 名 他Ⅲ 研究
225 けんきゅうしつ 3	【研究室】 名 研究室
226 けんぶつ 0	【見物】 名 他Ⅲ 遊覽，觀賞

け

かきくけこ

こ

227 こ 0	【子】 →4子供(こども) 名 子女；小孩，孩童
228 ご～	【御～】 ☆「ご住所(じゅうしょ)」、「ご両親(りょうしん)」 接頭 表示尊敬、鄭重、謙遜之意
229 こう 0	∞ ああ、そう 副 這樣，這麼
230 こうがい 1	【郊外】 名 郊外，郊區，市郊
231 こうぎ 1,3	【講義】 名 他Ⅲ 講課

232 こうぎょう 1	【工業】 名 工業
233 こうこう 0／こうとうがっこう 5	【高校／高等学校】 名 高中
234 こうこうせい 3	【高校生】 名 高中生
235 こうじょう 3	【工場】 名 工廠
236 こうちょう 0	【校長】 名（高中、國中、小學的）校長
237 こうつう 0	【交通】 名 交通

こ

238 こうどう 0	【講堂】 名 禮堂
239 こうむいん 3	【公務員】 ☞職業 名 公務員
240 こくさい 0	【国際】 名 國際
241 こころ 2,3	【心】 名 心，精神
242 ～ございます	★「おめでとうございます」 使前接語詞更為鄭重的說法
243 ごしゅじん 2	【ご主人】 ⇔ 4奥(おく)さん 名〔敬稱〕丈夫

244 こしょう 0	【故障】 名 自Ⅲ 故障，毛病
245 ごぞんじ 2	【ご存じ】 ☆「ご存じですか」 名〔尊敬語〕您知道，您認識
246 こたえ 2,3	【答え】 → 返事 名 回答，答覆；答案，解答
247 ごちそう 0	〔御馳走〕 名 美食，佳餚 他Ⅲ 請客，款待
248 こと 2	【事】 名 事情；情況，場合
249 ことり 0	【小鳥】 名 小鳥

250 このあいだ 5,0	【この間】 名 前幾天，上次
251 このごろ 0	〖この頃〗 →最近（さいきん） 名 近來，最近，這些日子
252 こまかい 3	【細かい】 イ形 細小的，零碎的
253 ごみ 2	〖塵／芥〗 名 垃圾
254 こむ 1	【込む】 ⇔すく 自I 擁擠
255 こめ 2	【米】 ☞食べ物 名 米

256 ごらんになる5	【御覧になる】 →4見る(み)
	連語〔尊敬語〕過目，觀覽
257 これから0	
	名 副 從現在起，今後
258 こわい2	【怖い】
	イ形 可怕的，令人害怕的
259 こわす2	【壊す】 ∞ 壊れる(こわ)
	他I 弄壞，損毀；損傷
260 こわれる3	【壊れる】 ∞ 壊す(こわ)
	自II 壞，碎，倒塌
261 コンサート1	《concert》
	名 音樂會，演奏會，演唱會

こ

262 こんど1	【今度】 名 這次；下次
263 コンピューター3 ／コンピュータ3	《computer》 名 電腦
264 こんや1	【今夜】 → 4 今晚(こんばん) 名 今晚，今夜

さ しすせそ

265 さいきん 0	【最近】 →このごろ 名 最近，近來
266 さいご 1	【最後】 ⇔最初(さいしょ) 名 最後，最終
267 さいしょ 0	【最初】 ⇔最後(さいご) 名 最初，首先
268 さか 2	【坂】 名 斜坡，坡道
269 さがす 0	【探す】 他I 找，尋找

270 さがる 2	【下がる】 ⇔ 上(あ)がる 自Ⅰ (位置、價格等)下降；後退
271 さかん 0	【盛ん】 ナ形 盛大的，繁盛的
272 さげる 2	【下げる】 ⇔ 4 上(あ)げる 他Ⅱ 降低
273 さしあげる 0,4	【差し上げる】 ∞ いただく、くださる 他Ⅱ〔謙讓語〕給，獻上
274 さっき 1	〖先〗 名 副 剛才
275 さびしい 3	【寂しい】 イ形 寂寞的

276 ～さま	【～様】 →4～さん 接尾 接在人名、稱呼之後表示敬意
277 さらいげつ 0,2	【再来月】 名 下下個月
278 さらいしゅう 0	【再来週】 名 下下星期
279 サラダ 1	《salad》 ☞食べ物 名 沙拉
280 さわぐ 2	【騒ぐ】 自I 吵鬧，喧嚷
281 さわる 0	【触る】 自I 觸，碰，摸

さ

282 さんぎょう0	【産業】 名 產業
283 サンダル0,1	《sandal》 名 涼鞋
284 サンドイッチ4	《sandwich》 ☞食べ物 名 三明治
285 ざんねん3	【残念】 ナ形 遺憾的，可惜的

さしすせそ

286 し 1	【市】 名（行政區劃的）市
287 じ 1	【字】 名 字，文字
288 しあい 0	【試合】 名 自Ⅲ 比賽
289 しかた 0	【仕方】 ☆「勉強（べんきょう）の仕方（しかた）」 名 方法，做法
290 しかる 0	〔叱る〕 他Ⅰ 罵，斥責

し

291 ～しき	【～式】 接尾 ～典禮；～式，～樣式

けっこんしき3	【結婚式】	結婚典禮
じどうしき0	【自動式】	自動式
そつぎょうしき3	【卒業式】	畢業典禮
にほんしき0／にっぽんしき0	【日本式】	日本式
にゅうがくしき4	【入学式】	入學儀式
ほうていしき3	【方程式】	方程式

292 しけん2	【試験】 →4テスト 名 他Ⅲ 考試；試驗，測試
293 じこ1	【事故】 名 事故
294 じしん0	【地震】 名 地震

し

295 じだい0	【時代】 名 時代
296 したぎ0	【下着】 ⇔ 4上着（うわぎ） 名 內衣褲
297 したく0	【支度】 → 準備（じゅんび）、用意（ようい） 名 自他Ⅲ 準備，預備
298 しっかり3	☆「若（わか）いのにしっかりしている」 自Ⅲ 可靠；堅固 副 好好地，充分地
299 しっぱい0	【失敗】 名 自Ⅲ 失敗
300 しつれい2	【失礼】 名 ナ形 自Ⅲ 失禮；抱歉；告辭，失陪

301 じてん0	【辞典】 →4辞書（じしょ）、4字引（じびき） 名 辭典
302 しなもの0	【品物】 名 物品，商品，貨物
303 しばらく2	〖暫く〗 副 暫時，一會兒
304 しま2	【島】 名 島，島嶼
305 (～て)しまう0	☆「財布（さいふ）を落（お）としてしまった」 ～完了，(表示無可挽回)～了
306 しみん1	【市民】 名 市民

307 じむしょ 2	【事務所】 名 辦公室，辦事處
308 しゃかい 1	【社会】 名 社會
309 しゃちょう 0	【社長】 ☞職名 名 社長，總經理
310 じゃま 0	【邪魔】 ☆「お邪魔(じゃま)しました」 名 ナ形 他Ⅲ 妨礙，累贅；拜訪，(客套)打擾
311 ジャム 1	《jam》 ☞食べ物 名 果醬
312 じゆう 2	【自由】 名 ナ形 自由；隨意，隨便

し

し

313 しゅうかん0	【習慣】 名 習慣
314 じゅうしょ1	【住所】 名 住所，地址
315 じゅうどう1	【柔道】 名 柔道
316 じゅうぶん3	【十分】【充分】 副 ナ形 充分，足夠
317 しゅじん1	【主人】 ⇔家内（かない） 名〔謙稱〕丈夫，先生，外子
318 しゅっせき0	【出席】 名 自Ⅲ 出席

319 しゅっぱつ0　【出発】

名 自Ⅲ 出發

320 しゅみ1　【趣味】

名 嗜好，愛好

ダンス1	《dance》	跳舞，舞蹈
つり0	【釣り】	釣魚
どくしょ1	【読書】	讀書，閱讀
バイオリン0	《violin》	小提琴
ピアノ0	《義 piano》	鋼琴
りょうり1	【料理】	做菜，烹調

321 じゅんび1　【準備】　→支度（したく）、用意（ようい）

名 他Ⅲ 準備

322 しょうかい0　【紹介】

名 他Ⅲ 介紹

し

323 しょうがつ4	【正月】 名 正月；新年，過年期間
324 しょうがっこう3	【小学校】 名 小學
325 しょうせつ0	【小説】 名 小說
326 しょうたい1	【招待】 ☆「結婚式(けっこんしき)に招待(しょうたい)された」 名 他III 邀請
327 しょうち0	【承知】 名 他III 答應，同意；知道
328 しょうらい1	【将来】 名 將來

329 しょくじ 0	【食事】 名 自Ⅲ 飲食，用餐
330 しょくりょうひん 0,3	【食料品】 名 食品
331 じょせい 0	【女性】 ⇔男性(だんせい) 名 女性
332 しらせる 0	【知らせる】 他Ⅱ 通知
333 しらべる 3	【調べる】 ☆「辞書(じしょ)で調(しら)べる」 他Ⅱ 查尋；調查；檢查
334 じんこう 0	【人口】 ☆「人口(じんこう)が増(ふ)えた」 名 人口

し

し

335 じんじゃ 1	【神社】 名（日本）神社
336 しんせつ 1	【親切】 → 優しい（やさ） 名 ナ形 親切，好意
337 しんぱい 0	【心配】 ⇔ 安心（あんしん） 名 ナ形 自他Ⅲ 擔心
338 しんぶんしゃ 3	【新聞社】 名 報社

さしすせそ

339 すいえい0	【水泳】 名 自Ⅲ 游泳
340 すいどう0	【水道】 名 自來水設施
341 ずいぶん1	【随分】　→なかなか、非常(ひじょう)に 副 很，相當，非常
342 すうがく0	【数学】 名 數學
343 スーツ1	《suit》 名 成套西裝，套裝

す

344 スーツケース4	《suitcase》 名 手提箱，行李箱
345 スーパー1／スーパーマーケット5	《supermarket》 名 超市，超級市場
346 すぎる2	【過ぎる】 自II（時間、空間等）經過；超過
347 ～すぎる	☆「少(すこ)し言(い)いすぎた」 過度～，～太多
348 すく0	〖空く〗 ★「おなかがすく」 自I（肚子）空，餓
349 すく0	〖空く〗 ★「すいた電車(でんしゃ)」 ⇔込(こ)む 自I 有空間

す

350 スクリーン 3	《screen》 名 銀幕；螢幕
351 すごい 2	〔凄い〕 イ形 可怕的；(程度)驚人的
352 すすむ 0	【進む】 自I 前進；進步；(鐘)快
353 すっかり 3	→4全部(ぜんぶ)、4みんな 副 完全，全部，全然
354 ずっと 0	☆「ずっとここに住(す)んでいる」 副 一直；～得多，相當
355 ステーキ 2	《steak》 ☞食べ物 名 牛排

す

356 すてる 0	【捨てる】〖棄てる〗⇔ 拾う（ひろう）
	他II 丟棄；放棄
357 ステレオ 0	《stereo》
	名 立體音響
358 すな 0	【砂】
	名 沙
359 すばらしい 4	【素晴らしい】
	イ形 絕佳的，極優秀的
360 すべる 2	【滑る】
	自I 滑行；滑倒
361 すみ 1	【隅】〖角〗 → 4 角（かど）
	名 角落

362 すむ 1	【済む】 自I (事情)完了，結束
363 すり 1	〔掏摸〕 ∞ 泥棒(どろぼう) 名 扒手
364 すると 0	接続 於是就；這麼說來

す

さしすせそ

せ

365 ～せい0	【～製】 ☆「日本製（にほんせい）」、「台湾製（たいわんせい）」 接尾 ～生產，～製造
366 せいかつ0	【生活】 名 自Ⅲ 生活
367 せいさん0	【生產】 名 他Ⅲ 生產
368 せいじ0	【政治】 名 政治
369 せいよう1	【西洋】 名 西洋，西方，歐美

370 せかい 1,2	【世界】 名 世界
371 せき 1	【席】 ☆「席に着く」 名 座位，位子
372 せつめい 0	【說明】 名 他Ⅲ 說明，解釋
373 せなか 0	【背中】 名 背，脊背；背面
374 ぜひ 1	【是非】 ☆「是非勝ちたい」 副 務必，一定
375 せわ 2	【世話】☆「赤ん坊の世話をする」 名 他Ⅲ 照顧，照料，關照

376 せん 1	【線】 名 線
377 ぜんぜん 0	【全然】 →ちっとも 副（後接否定）全然（不）
378 せんそう 0	【戦争】 名 自Ⅲ 戰爭，打仗
379 せんぱい 0	【先輩】 名 前輩，先進；學長，學姊
380 せんもん 0	【専門】 ☆「ご専門(せんもん)は何(なん)ですか」 名 專業，專長，專攻

せ

さしすせそ

381 そう 0	∞ ああ、こう 副 那麼，那樣
382 そうだん 0	【相談】 名 他Ⅲ 商量，商談
383 そだてる 3	【育てる】 他Ⅱ 養育；教育，培養
384 そつぎょう 0	【卒業】 ⇔ 入学（にゅうがく） 名 自Ⅲ 畢業
385 そふ 1	【祖父】 ⇔ 祖母（そぼ） 名 祖父，外祖父

そ

386 ソフト 1	《soft》 ナ形 柔軟的；溫和的
387 そぼ 1	【祖母】 ⇔祖父（そふ） 名 祖母，外祖母
388 それで 0	接続 因此，所以
389 それに 0	☆「この道（みち）は狭（せま）い。それに、車（くるま）が多くて危（あぶ）ない」 接続 而且，再加上

● それはいけませんね。

（表關懷）那可不行啊，那真是糟糕

390 それほど 0	【それ程】 →そんなに 副 那麼，那樣

そ

391 そろそろ 1	☆「そろそろ帰(かえ)りましょう」 副 就要～，差不多是～時候了
392 そんな 0	∞ 4こんな、あんな 連体 那様的
393 そんなに 0	→それほど 副 那様地

そ

たちつてと

た

394 ～だい	【～代】 ☆「２０代の女性」(にじゅうだい じょせい) 接尾 年齡，年代的範圍
395 たいいん0	【退院】 ⇔入院(にゅういん) 名 自Ⅲ （患者）出院
396 だいがくせい3,4	【大学生】 名 大學生
397 だいじ3,0	【大事】 ☆「大事な話」(だいじ はなし) ナ形 重要的；保重，愛惜
398 だいたい0	【大体】 →たいてい、ほとんど 副 大致

399 たいてい 0	【大抵】 →だいたい、ほとんど 副 大抵，大都
400 タイプ 1	《type》 名 型，類型
401 だいぶ 0	【大分】 ☆「だいぶ寒(さむ)くなった」 副 很，甚，極
402 たいふう 3	【台風】 名 颱風
403 たおれる 3	【倒れる】 自II 倒，塌；倒閉；病倒
404 だから 1	接続 因此，所以

た

た

405 たしか1	【確か】 ナ形 確實的；可靠的
406 たす0	【足す】 ⇔ 4引く（ひ） 他I 加，增加；添，補
407 ～だす	☆「雨が降りだす」（あめ ふ） 開始～，～起來
408 たずねる3	【訪ねる】 →伺う（うかが） 他II 拜訪，訪問
409 たずねる3	【尋ねる】 →伺う（うかが） 他II 問，打聽
● ただいま。	我回來了

410	ただしい3	【正しい】 イ形 正確的
411	たたみ0	【畳】 名 榻榻米
412	～だて	【～建て】 ☆「一戸建て（いっこだ）」 接尾（房屋的構造、樓層）～式建築
413	たてる2	【立てる】 ∞ 4立つ（た） 他II 立起；訂定
414	たてる2	【建てる】 他II 建造；建立(國家、組織)
415	たとえば2	【例えば】 副 譬如，例如

た

416 たな0	【棚】 ☆「本棚（ほんだな）」 名 擱板；棚架
417 たのしみ3,4,0	【楽しみ】 名 ナ形 樂趣；期待
418 たのしむ3	【楽しむ】 他Ⅰ 享受；期待
419 たまに0	☆「たまに運動（うんどう）する」 副 偶爾，不常
420 ため2	〔為〕 ☆「台風（たいふう）のために飛行機（ひこうき）は遅（おく）れて出発（しゅっぱつ）した」 名 因為，由於；目的
421 だめ2	【駄目】 ナ形 不行；無用的，白費的

422 たりる。	【足りる】 自Ⅱ 夠，足夠
423 だんせい。	【男性】 ⇔ 女性（じょせい） 名 男性
424 だんぼう。	【暖房】 ⇔ 冷房（れいぼう） 名 暖氣

た

たちつてと

425 ち0	【血】 名 血，血液
426 チェック1	《check》 名 他III 查對無誤的記號；核對，查對
427 ちから3	【力】 名 力氣，力量；能力
428 ちっとも3	→全然(ぜんぜん) 副（後接否定）一點也（不）～
429 ～ちゃん	☆「太郎(たろう)ちゃん」、「おばあちゃん」 接尾 接在人名或稱呼之後表示親暱

430 ちゅうい 1	【注意】 名 自Ⅲ 注意，當心；提醒，警告
431 ちゅうがっこう 3	【中学校】 名 中學，國中
432 ちゅうし 0	【中止】 ☆「試合(しあい)は雨(あめ)で中止(ちゅうし)になった」 名 他Ⅲ 中止，取消
433 ちゅうしゃ 0	【注射】 名 他Ⅲ 注射，打針
434 ちゅうしゃじょう 0	【駐車場】 名 停車場
435 ～ちょう	【～町】 名 ～町，～鎮

436 ち|り 1	【地理】 名 地理

たちつてと

437 ～(に)ついて	☆「地理(ちり)について研究(けんきゅう)する」 連語 關於～，就～而言
438 つかまえる0	【捕まえる】 他II 揪住，抓住；捕捉
439 つき2	【月】 ★「月(つき)と太陽(たいよう)」 名 月，月亮
440 つき2	【月】 ★「一月(ひとつき)」 名(一個)月
441 つく1,2	〔点く〕 ★「電灯(でんとう)がつく」 自I (火、燈)點著，點亮

つ

442 つける 2	【付ける】 ★「気(き)をつける」 他II 注意
443 つける 0	【漬ける】 他II 浸，泡；醃漬
444 つごう 0	【都合】 ☆「都合(つごう)が悪(わる)い」 名 情況；方便與否
445 つたえる 0,3	【伝える】 他II 傳達，轉告
446 つづく 0	【続く】 ∞ 続(つづ)ける 自I 繼續，連續；相連；相繼不斷
447 つづける 0	【続ける】 ∞ 続(つづ)く 他II 繼續；使相連

448 ～つづける	【～続ける】☆「やりつづける」 一直～，持續～
449 つつむ 2	【包む】 他I 包，包起來
450 つま 1	【妻】 ⇔夫(おっと) 名 妻子
451 つもり 0	【積もり】 ☆「新(あたら)しいかばんを買(か)うつもりだ」 名 意圖，打算
452 つる 0	【釣る】 他I 釣(魚)
453 つれる 0	【連れる】 ☆「犬(いぬ)を連(つ)れて散歩(さんぽ)する」 他II 帶領，帶著

つ

たちつてと

て

454 ていねい 1	【丁寧】 ナ形 有禮貌的；細心周到的
455 テキスト 1,2	《text》 名 課本，教科書
456 てきとう 0	【適当】 ナ形 適當的；隨便的，馬虎的
457 できる 2	【出来る】 ★「銀行(ぎんこう)ができる」 自Ⅱ 建立，建成；做好，完成；能，會；形成，有
458 できるだけ 0	→なるべく 副 盡量，盡可能

459 てつだう 3	【手伝う】 他I 幫助，幫忙
460 テニス 1	《tennis》 名 網球
461 てぶくろ 2	【手袋】☆「どの手袋(てぶくろ)がいちばん安(やす)いですか」 名 手套
462 てら 2	【寺】 名 寺廟，寺院
463 てん 0	【点】 ☆「点(てん)を取(と)る」 名 點；頓號；得分，分數
464 てんいん 0	【店員】 ☞職業 名 店員

て

465 てんきよほう 4	【天気予報】 名 氣象預報
466 でんとう 0	【電灯】 名 電燈
467 でんぽう 0	【電報】 名 電報
468 てんらんかい 3	【展覧会】 名 展覽會

たちつてと

469 と 1	【都】 名 首都；都市；東京都
470 どうぐ 3	【道具】 名 工具，器具
471 とうとう 1	【到頭】 ☆「とうとうここまで来(き)てしまった」 副 終於，到底
472 どうぶつえん 4	【動物園】 名 動物園
473 とおく 3	【遠く】 ⇔ 4近(ちか)く 名 遠處，遠方

と

474 とおり3	【通り】 名 大街，馬路
475 とおる1	【通る】 ☆「森(もり)の中(なか)を通(とお)った」 自I 通過，穿過
476 とくに1	【特に】 副 特別，尤其
477 とくべつ0	【特別】 ⇔普通(ふつう) 副 ナ形 特別，特殊，格外
478 とこや0	【床屋】 名 理髮廳
479 とちゅう0	【途中】 名 半路，中途

480 とっきゅう 0	【特急】 名 特快車	∞ 急行（きゅうこう）
481 とどける 3	【届ける】 他II 送到，遞送	
482 とまる 0	【泊まる】 自I 投宿，住下	
483 とめる 0	【止める】 他II 停下；止住；阻止	∞ 4 止（と）まる
484 とりかえる 0	【取り替える】 他II 更換；交換	
485 どろぼう 0	【泥棒】 名 小偷，賊	∞ すり

486 **どんどん** 1	☆「赤(あか)ちゃんはどんどん大きくなる」 副 順利地，迅速地；接連不斷

と

なにぬねの

487 なおす2	【直す】 ∞ 直(なお)る 他I 修理；訂正，修改
488 なおる2	【直る】 ∞ 直(なお)す 自I 修好；改正；復原
489 なおる2	【治る】 自I 治好，痊癒
490 なかなか0	【中々】 →ずいぶん、非常(ひじょう)に 副 很；(後接否定)怎麼也(不)～
491 なく0	【泣く】 自I 哭，哭泣

な

492 なくなる 0	【無くなる】 ∞ 4無(な)くす 自I 丟失；盡，光；消失
493 なくなる 0	【亡くなる】 自I 死亡，去世
494 なげる 2	【投げる】 他II 拋，投，擲
495 なさる 2	〔為さる〕 →4する 他I〔尊敬語〕為，做
496 なる 0	【鳴る】 自I 鳴，響，發出聲音
497 なるべく 0,3	→できるだけ 副 盡量，盡可能

498 なるほど 0	【成る程】 副 的確，誠然，果然
499 なれる 2	【慣れる】 自II 習慣，適應；熟練

な

なにぬねの

500 におい2	〖匂い〗 ☆「花(はな)のにおい」 名 (嗅覺上的)味道，氣味
501 にがい2	【苦い】 イ形 苦的；痛苦的
502 ～にくい	☆「歩(ある)きにくい」 ⇔～やすい 接尾 難～，不好～
503 にげる2	【逃げる】 自Ⅱ 逃跑，逃走
504 にっき0	【日記】 名 日記

505 にゅういん0	【入院】 ⇔退院(たいいん) 名 自Ⅲ 入(醫)院，住院
506 にゅうがく0	【入学】 ⇔卒業(そつぎょう) 名 自Ⅲ 入學
507 にる0	【似る】 自Ⅱ 像，相似，類似
508 にんぎょう0	【人形】 名 娃娃，人偶

なにぬねの

509 ぬすむ 2	【盗む】 他Ⅰ 偷竊
510 ぬる 0	【塗る】 他Ⅰ 塗，抹，擦
511 ぬれる 0	〖濡れる〗 ☆「階段(かいだん)がぬれている」 自Ⅱ 沾濕，淋濕

なにぬねの

512 ねだん 0	【値段】 名 價格，價錢
513 ねつ 2	【熱】 ☆「熱(ねつ)が下(さ)がる」 名 熱，熱度；發燒
514 ねっしん 1,3	【熱心】 名 ナ形 熱切，投入，熱忱
515 ねぼう 0	【寝坊】 名 自Ⅲ 睡懶覺，貪睡晚起
516 ねむい 0	【眠い】 イ形 睏的，想睡覺的

517 ねむる 0	【眠る】 → 4寝る（ね）
	自I 睡覺，睡眠

ね

なにぬねの

518 のこる 2	【残る】 ☆「お菓子(かし)は一つ(ひと)も残(のこ)っていない」 自I 剩餘；留下
519 のど 1	〔喉〕 名 喉嚨，嗓子
520 のりかえる 4,3	【乗り換える】 自他II 轉乘，轉搭
521 のりもの 0	【乗り物】 名 交通工具

オートバイ 3	《日 auto+bicycle》	摩托車
きしゃ 2,1	【汽車】	火車
きゅうこう 0	【急行】	快車

じてんしゃ 2,0	【自転車】	脚踏車
じどうしゃ 2,0	【自動車】	汽車
しんかんせん 3	【新幹線】	新幹線
タクシー 1	《taxi》	計程車
ちかてつ 0	【地下鉄】	地下鐵
でんしゃ 0,1	【電車】	電車
とっきゅう 0	【特急】	特快車
バス 1	《bus》	公車
ひこうき 2	【飛行機】	飛機
ふね 1	【舟／船】	舟，船

は ひふへほ

522 は0	【葉】 名 葉子
523 ばあい0	【場合】 ☆「雨(あめ)があった場合(ばあい)は中止(ちゅうし)する」 名 場合，情況，時候
524 パート1,0／パートタイム4	《part-time》 名 臨時工，兼職
525 ばい0,1	【倍】 名 倍，加倍
526 はいけん0	【拝見】 →4見(み)る 名 他III〔謙讓語〕看，拜見

は

527 はいしゃ 1	【歯医者】 ☞職業 名 牙醫
528 ～ばかり	☆「毎日(まいにち)、雨(あめ)ばかり降(ふ)っている」 助 只，僅
529 はこぶ 0	【運ぶ】 他I 運送，搬運
530 はじめる 0	【始める】 ∞ 4始(はじ)まる 他II 開始
531 ～はじめる	【～始める】 ☆「読(よ)み始(はじ)める」 ⇔～終(お)わる 開始～
532 ばしょ 0	【場所】 →4ところ 名 場所，地點

は

533 はず0	〖筈〗☆「6時(ろくじ)に終(お)わるはずだ」 名 應該，理應
534 はずかしい4	【恥ずかしい】 イ形 害羞的；無顏見人的
535 パソコン0	《personal computer》 名 個人電腦
536 はつおん0	【発音】 名 他Ⅲ 發音
537 はっきり3	☆「はっきり(と)見(み)える」 副 自Ⅲ 清楚，明確
538 はなみ3	【花見】 名 賞(櫻)花

539 パパ1	《papa》 ⇔ 2ママ 名 爸爸
540 はやし0	【林】 名 林，樹林
541 はらう2	【払う】 他I 付(錢)
542 ばんぐみ0	【番組】 名 (廣播、電視等的)節目
543 はんたい0	【反対】 名 ナ形 自III 相反，相對；反對
544 ハンバーグ3	《Hamburg steak》 ☞食べ物 名 漢堡肉餅

はひふへほ

545 ひ0	【日】 ☆「日(ひ)が出(で)る」 名 太陽
546 ひ1	【火】 名 火，火焔
547 ピアノ0	《義 piano》 ☆「ピアノを弾(ひ)く」 名 鋼琴
548 ひえる2	【冷える】 自Ⅱ 變冷，變涼；感覺冷
549 ひかり3	【光】 名 光，光線

ひ

550 ひかる 2	【光る】 自I 發光，發亮
551 ひきだし 0	【引き出し】 名 抽屜
552 ひげ 0	〖髭〗 名 鬍鬚
553 ひこうじょう 0	【飛行場】 →空港(くうこう) 名 機場
554 ひさしぶり 0,5	【久しぶり】 名 ナ形 (相隔)很久，許久
555 びじゅつかん 3,2	【美術館】 名 美術館

556 ひじょうに 0	【非常に】 → ずいぶん、なかなか 副 非常，極
557 びっくりする 3	→ 驚く(おどろ) 自III 吃驚，嚇一跳
558 ひっこす 3	【引っ越す】 自I 搬家，遷居
559 ひつよう 0	【必要】 名 ナ形 必須，必要
560 ひどい 2	☆「きのうはひどい天気(てんき)でした」 イ形 糟糕的；殘酷的；(程度)厲害的，嚴重的
561 ひらく 2	【開く】 ⇔ 4閉(し)める 他I 打開；開始，開設；舉辦

ひ

562 ビル1	《building》 名 高樓，大廈
563 ひるま3	【昼間】 ⇔ 4夜（よる） 名 白天
564 ひるやすみ3	【昼休み】 名 午休
565 ひろう0	【拾う】 ⇔ 捨（す）てる 他I 拾，撿

はひふへほ

566 ふえる 2	【増える】 自Ⅱ 増加，增多
567 ふかい 2	【深い】 ⇔ 浅い（あさ） イ形 深的
568 ふくざつ 0	【複雑】 ⇔ 簡単（かんたん） 名 ナ形 複雜
569 ふくしゅう 0	【復習】 ⇔ 予習（よしゅう） 名 他Ⅲ 複習
570 ぶちょう 0	【部長】 ☞ 職名 名 部長，經理

ふ

571 ふつう0	【普通】 ⇔ 特別(とくべつ) 名 ナ形 普通，平凡 副 通常
572 ぶどう0	〖葡萄〗 ☞食べ物 名 葡萄
573 ふとる2	【太る】 ⇔ やせる 自I 胖
574 ふとん0	【布団】 名 被褥
575 ふね1	【舟／船】 名 舟，船
576 ふべん1	【不便】 ⇔ 4便利(べんり) 名 ナ形 不便，不方便

577 ふむ0	【踏む】 他I 踩，踏
578 プレゼント2	《present》 → 贈(おく)り物(もの) 名 禮物
579 ぶんか1	【文化】 名 文化
580 ぶんがく1	【文学】 名 文學
581 ぶんぽう0	【文法】 名 文法

ふ

はひふへほ

582 べつ 0	【別】 ☆「別(べつ)な物(もの)を探(さが)す」 名 ナ形 區別；另外；特別
583 ベル 1	《bell》 ☆「電話(でんわ)のベル」、「玄関(げんかん)のベル」 名 鈴，電鈴
584 へん 1	【変】 ☆「変(へん)なにおい」 ナ形 奇怪的
585 へんじ 3	【返事】 →答(こた)え 名 自Ⅲ 回答，回覆；回信

はひふへほ

586 ぼうえき 0	【貿易】 名 自Ⅲ 貿易
587 ほうそう 0	【放送】 名 他Ⅲ 廣播，播送
588 ほうりつ 0	【法律】 名 法律
589 ぼく 1	【僕】 ⇔ 君（きみ） 代（男子對同輩、晚輩用）我
590 ほし 0	【星】 名 星星

591 ～ほど	☆「三日(みっか)ほど休(やす)んでください」 助 表示大致的數量、程度
592 ほとんど 2	〔殆ど〕　→だいたい、たいてい 副 幾乎，差不多 名 大部分
593 ほめる 2	【褒める】 他II 讚揚，稱讚，褒獎
594 ほんやく 0	【翻訳】 名 他III 翻譯

ま みむめも

595 まいる1	【参る】 →4行(い)く、4来(く)る 自Ⅰ〔謙讓語〕去；來
596 まける0	【負ける】 ⇔勝(か)つ 自Ⅱ 輸，負，敗
597 まじめ0	〖真面目〗 名 ナ形 認真
598 まず1	〖先ず〗 副 首先
599 または2	【又は】 ☆「葉書(はがき)または電話(でんわ)で知(し)らせる」 接続 或，或是

ま

600 まちがえる 4,3	【間違える】 他II 搞錯，弄錯
601 まにあう 3	【間に合う】 自I 趕得上，來得及
602 ～まま	〖～儘〗 ☆「思(おも)ったままを書(か)く」 名 一如原樣，照舊
603 まわり 0	【周り】 名 周圍，周緣；附近
604 まわる 0	【回る】 自I 旋轉，轉動
605 まんが 0	【漫画】 名 漫畫

ま

606 まんなか₀	【真ん中】 名 正中央

ま

まみむめも

607 みえる 2	【見える】 ∞ 聞(き)こえる 自II 看得見
608 みずうみ 3	【湖】 名 湖，湖泊
609 みそ 1	〖味噌〗 ★「みそ汁(しる)」 ☞食べ物 名 味噌
610 みつかる 0	【見つかる】 ∞ 見(み)つける 自I 被發現；找到
611 みつける 0	【見つける】 ∞ 見(み)つかる 他II 找出，發現

612 みな2	【皆】 →4みんな、4全部(ぜんぶ) 名 全體，大家；全部，都
613 みなと0	【港】 名 港，港口

み

まみむめも

614 むかう 0	【向かう】 自I 向，對，朝著；往～去
615 むかえる 0	【迎える】 ⇔ 送る(おく) 他II 迎接
616 むかし 0	【昔】 ⇔ 4今(いま) 名 往昔，從前
617 むし 0	【虫】 名 蟲
618 むすこ 0	【息子】 ⇔ 娘(むすめ) 名 兒子

619 むすこさん 0	【息子さん】 ⇔ 娘(むすめ)さん 名〔敬稱〕兒子，令公子，令郎
620 むすめ 3	【娘】 ⇔ 息子(むすこ) 名 女兒
621 むすめさん 0	【娘さん】 ⇔ 息子(むすこ)さん → お嬢(じょう)さん 名〔敬稱〕女兒，令千金，令嬡
622 むり 1	【無理】 名 ナ形 自Ⅲ 無理；辦不到；勉強

む

まみむめも

623 ～め	【～目】 ☆「一(ひと)つ目(め)」、「二番目(にばんめ)」 接尾 第～
624 めしあがる 0,4	【召し上がる】 → 4 食(た)べる、4 飲(の)む 他Ⅰ〔尊敬語〕吃；喝
625 めずらしい 4	【珍しい】 イ形 罕見的；珍奇的；新穎的

まみむめ も

626 もうしあげる 5,0	【申し上げる】 →4言う(い)
	他II〔謙讓語〕說，講
627 もうす 1	【申す】 →4言う(い)
	他I〔謙讓語〕說，講；叫做
628 もうすぐ 3	☆「もうすぐ日(ひ)が暮(く)れる」
	副 即將，快要
629 もし 1	〖若し〗
	副 如果，假使，萬一
630 もちろん 2	〖勿論〗 ☆「もちろんのこと」
	副 當然，不用說

も

631 もどる 2	【戻る】 自I 回到，返回
632 もめん 0	【木綿】 名 棉花；棉線；棉織品
633 もらう 0	〖貰う〗 ∞あげる、くれる 他I 領受
634 もり 0	【森】 名 樹林，森林

やゆよ

635 やく 0	【焼く】 ∞焼(や)ける 他I 燒，焚；烤
636 やくそく 0	【約束】 名 他III 約定，約會
637 やくにたつ 4	【役に立つ】 連語 有用，有益處
638 やける 0	【焼ける】 ∞焼(や)く 自II 著火；烤好
639 やさしい 0	【優しい】 →親切(しんせつ) イ形 溫柔的；親切體貼的

640 ～やすい	☆「書(か)きやすい」 ⇔～にくい 接尾 容易～的
641 やせる0	〔痩せる〕 ⇔太(ふと)る 自Ⅱ 瘦
642 やっと0,3	☆「やっと安心(あんしん)して眠(ねむ)れる」 副 好不容易，終於
643 やはり2／やっぱり3	副 仍然；果然；畢竟還是
644 やむ0	〔止む〕 ★「雨(あめ)／風(かぜ)がやむ」 自Ⅰ 停歇，中止
645 やめる0	〔止める〕 ★「たばこをやめる」 他Ⅱ 終止；取消，作罷

646 やる0	〔遣る〕 →あげる 他I （對同輩或晚輩）給，給予
647 やわらかい4	【柔らかい】 ⇔堅い（かた）、固い（かた）、硬い（かた） イ形 柔軟的

ゆ

648 ゆ1	【湯】 名 熱水，開水
649 ゆしゅつ0	【輸出】 ⇔ 輸入（ゆにゅう） 名 他Ⅲ 輸出，出口
650 ゆにゅう0	【輸入】 ⇔ 輸出（ゆしゅつ） 名 他Ⅲ 輸入，進口
651 ゆび2	【指】 名 手指，腳趾
652 ゆびわ0	【指輪】 名 戒指

653 ゆめ2	【夢】 ☆「夢(ゆめ)を見(み)る」 名 夢；理想，願望；幻想
654 ゆれる0	【揺れる】 自II 搖動，搖擺

ゆ

やゆよ

655 よう 1	【用】 →用事(ようじ) 名 要事；用途，作用
656 よう 1	【様】 名 樣子；樣式
657 ようい 1	【用意】 →支度(したく)、準備(じゅんび) 名 自他Ⅲ 準備
658 ようじ 0	【用事】☆「急(きゅう)な用事(ようじ)ができた」 →用(よう) 名 要事，事情

● よく、いらっしゃいました。

歡迎大駕光臨

659 よごれる 0	【汚れる】 自Ⅱ 弄髒
660 よしゅう 0	【予習】 ⇔復習(ふくしゅう) 名 他Ⅲ 預習
661 よてい 0	【予定】 名 他Ⅲ 預定，計畫
662 よやく 0	【予約】 ☆「飛行機(ひこうき)の予約(よやく)」 名 他Ⅲ 預約，預訂
663 よる 0	【寄る】 自Ⅰ 靠近，挨近；順道去～
664 (～に)よると 0	☆「計画(けいかく)によると、今週中(こんしゅうちゅう)に終(お)わるはずだ」 連語 根據～

よ

665 よろこぶ 3	【喜ぶ】 自他I 高興，喜悅
666 よろしい 0,3	〔宜しい〕 →4よい イ形 好的；可以的

667 りゆう 0	【理由】 →訳(わけ) 名 理由
668 りよう 0	【利用】 ☆「図書館(としょかん)を利用(りよう)する」 名 他Ⅲ 利用
669 りょうほう 3,0	【両方】 名 雙方，兩邊
670 りょかん 0	【旅館】 →[4]ホテル 名（日式）旅館

らりるれろ

671 るす 1	【留守】 名 外出，不在家

る

672 れいぼう0	【冷房】 ⇔ 暖房(だんぼう) 名 冷氣
673 れきし0	【歴史】 名 歷史
674 レジ1	《register》 名 收銀機；結帳處；收銀員
675 レポート2,0／リポート2,0	《report》 名 報告，報告書
676 れんらく0	【連絡】 名 自他Ⅲ 聯絡，聯繫，通知

わ

677 ワープロ 0	《word processor》 名 文字處理機
678 わかす 0	【沸かす】 ∞ 沸く 他I 燒開，燒熱
679 わかれる 3	【別れる】 自II 分別，分離
680 わく 0	【沸く】 ∞ 沸かす 自I （水、人聲）沸騰
681 わけ 1	【訳】 → 理由 名 理由，原因

682 わすれもの。	【忘れ物】 名 遺失物
683 わらう。	【笑う】 自I 笑
684 わりあい(に)。	【割合(に)】 副 比較地；比想像中～
685 われる。	【割れる】 ☆「台風(たいふう)でガラスが割(わ)れた」 自II 破，碎，裂；破裂

わ

付録（ふろく）

1. 職業（しょくぎょう）

アナウンサー3	《announcer》	廣播員，播報員
うんてんしゅ3	【運転手】	司機
エンジニア3	《engineer》	工程師
かいしゃいん3	【会社員】	公司職員
がか0	【画家】	畫家
かしゅ1	【歌手】	歌手
かんごし3	【看護士】	(男)護士
かんごふ3	【看護婦】	(女)護士
きょうし1	【教師】	教師
けいさつ0	【警察】	警察
けんきゅうしゃ3	【研究者】	研究人員
こうむいん3	【公務員】	公務員
さっか0,1	【作家】	作家

ジャーナリスト4	《journalist》	新聞工作者
スポーツ選手(せんしゅ)5	《sports+ 選手》	運動選手
せいじか0	【政治家】	政治人物
ちょうりし3	【調理師】	廚師
デザイナー2,0	《designer》	設計師
てんいん0	【店員】	店員
はいしゃ1	【歯医者】	牙醫
はいゆう0	【俳優】	演員
びようし2	【美容師】	美容師
べんごし3	【弁護士】	律師
やおや0	【八百屋】	蔬果商

2. 職名(しょくめい)（職稱）

かちょう0	【課長】	課長，科長
しゃちょう0	【社長】	社長，總經理
ぶちょう0	【部長】	部長，經理

付録

3. 食べ物

アイスクリーム5	《ice cream》	冰淇淋
ケーキ1	《cake》	蛋糕
こめ2	【米】	米
サラダ1	《salad》	沙拉
サンドイッチ4	《sandwich》	三明治
すきやき0	【すき焼き】	日式火鍋，壽喜燒
すし2	〖鮨／鮓〗	壽司
ステーキ2	《steak》	牛排
そば1	〖蕎麦〗	蕎麥，蕎麥麵
チョコレート3	《chocolate》	巧克力
てんぷら0	【天ぷら】〖天麩羅〗	裹麵粉油炸的魚、貝、蝦、蔬菜等
バナナ1	《banana》	香蕉
ハンバーグ3	《Hamburg steak》	漢堡肉餅
ぶどう0	〖葡萄〗	葡萄
みかん1	〖蜜柑〗	蜜柑，橘子
みそ1	〖味噌〗	味噌
メロン1	《melon》	香瓜，哈密瓜
もも0	【桃】	桃，桃子
りんご0	〖林檎〗	蘋果

4. 六大州(ろくだいしゅう)（六大洲）

アジア 1	《Asia》	亞洲
アフリカ 0	《Africa》	非洲
北(きた)アメリカ 3,4	《北 +America》	北美
南(みなみ)アメリカ 4	《南 +America》	南美
ヨーロッパ 3	《葡 Europa》	歐洲
オセアニア 0,3 ／	《Oceania》 ／	大洋洲
たいようしゅう 3	【大洋州】	

5. 自動詞(じどうし) vs. 他動詞(たどうし)

上(あ)がる	⇔	上(あ)げる	起(お)きる	⇔	起(お)こす
開(あ)く	⇔	開(あ)ける	落(お)ちる	⇔	落(お)とす
集(あつ)まる	⇔	集(あつ)める	折(お)れる	⇔	折(お)る

かかる	⇔	かける	止(と)まる	⇔	止(と)める
変(か)わる	⇔	変(か)える	直(なお)る	⇔	直(なお)す
消(き)える	⇔	消(け)す	無(な)くなる	⇔	無(な)くす
聞(き)こえる	⇔	聞(き)く	亡(な)くなる	⇔	亡(な)くす
決(き)まる	⇔	決(き)める	並(なら)ぶ	⇔	並(なら)べる
壊(こわ)れる	⇔	壊(こわ)す	入(はい)る	⇔	入(い)れる
下(さ)がる	⇔	下(さ)げる	始(はじ)まる	⇔	始(はじ)める
閉(し)まる	⇔	閉(し)める	見(み)える	⇔	見(み)る
立(た)つ	⇔	立(た)てる	見(み)つかる	⇔	見(み)つける
つく	⇔	つける	焼(や)ける	⇔	焼(や)く
続(つづ)く	⇔	続(つづ)ける	沸(わ)く	⇔	沸(わ)かす
出(で)る	⇔	出(だ)す	渡(わた)る	⇔	渡(わた)す